LETTRE

A M. le Duc de GLUCKSBERG,

SUR LES

GISEMENTS D'OR DE L'ESPAGNE,

PAR

Adrien PAILLETTE,

INGÉNIEUR CIVIL, ETC., ETC.

PARIS

IMPRIMERIE CENTRALE DE NAPOLÉON CHAIX ET Cie,

Rue Bergère, 20.

—

1850.

2465

Sp

MONSIEUR

LE DUC DE GLUCKSBERG,

A MADRID.

Paris, 28 avril 1850.

J'ai reçu la lettre que vous m'avez fait l'honneur de m'adresser de Madrid sous la date du 17 courant.

Cette lettre me posait les questions suivantes :

1° Quelle est mon opinion sur les terrains aurifères d'Espagne ?

2° Quels sont les points que mon expérience signale comme devant être exploités de préférence ?

3° Quels sont les besoins probables de l'exploitation et les avantages possibles ?

Pour répondre convenablement à ces questions, je crois, Monsieur, ne pouvoir mieux faire que de fouiller dans les notes que M. l'inspecteur général Schulz et moi avons recueillies pour un long travail que nous préparons à ce sujet. Elles me permettront de discuter un point important : la partie historique qui a servi de bases à beaucoup de reprises de travaux.

Après vous avoir fait connaître ce qui est relatif à ce sujet, j'essaierai de vous éclairer sur les trois articles que vous avez bien voulu soumettre à mon attention.

Voici donc, Monsieur, une lettre qui va prendre toutes les proportions d'un travail spécial, et je regrette vivement ne pas avoir en ma possession, avant de vous l'adresser, la rédaction préparée par mon savant ami Dⁿ Guillermo Schulz, mais je tâcherai d'y suppléer en récapitulant mes souvenirs et en cherchant des lumières dans mes travaux d'examen sur l'art des mines des temps anciens.

§ 1ᵉʳ. — PARTIE HISTORIQUE.

A. Minerais.

La fièvre aurifère (*auri sacra fames*) est l'une des plus anciennes maladies du globe. Les livres saints nous en parlent clairement, et le veau d'or des Hébreux nous prouve qu'au temps de Moïse on avait déjà exploité ce métal en quantité considérable. Il est donc fort probable que grande partie de cet or provenait de la Haute Egypte, où existaient des exploitations sur lesquelles Diodore nous fournit des détails très-circonstanciés (1) qu'on trouve également plus ou moins développés dans Hérodote (2). Cependant, d'après le même Diodore, et aussi d'après Agatharchides, les mines devaient se trouver non loin de l'Ethiopie et même de l'Arabie,

(1) Diodore de Sicile 1, traduction du docteur Hœfer, ἄρα μίντιμωρίαν, etc. Puis τὸν ὁρῶν ἐν οἷς ὁ χρυσός, etc.

(2) Hérodote II.

où (1) il existait et existe peut-être encore d'immenses excavations; or, si d'après Agatharchides (ἐγρασία ἀρχαιοτάτη)
ces exploitations étaient très-anciennes et remontaient aux
premiers rois d'Egypte, voire même à Osiris et à l'histoire
de la Thébaïde, comme l'assure Artémidore d'Ephèse, je
n'ai donc pas tort de dire que la maladie de l'or remonte
presque à la création du monde ou au moins aux temps anté-
historiques.

Les exploitations doivent avoir eu pour l'époque un temps
considérable d'élaboration, puisque Pline le naturaliste,
XXXIII, dit : « *Talentum egyptium pondo LXXX capere
Varro ait.* »

Tout cela nous est confirmé par les passages des textes
les plus anciens, depuis Homère jusqu'au poëte Lucain.

Ainsi, ne faisons pas de l'histoire trop ancienne, car alors
il faudrait relire un auteur qui aurait plus de mérite que moi
et dont malheureusement les ouvrages sont fort rares (2).

Si l'or fut aussi recherché à une époque de civilisation que
nous avons la mauvaise habitude de considérer comme peu
avancée, il est évident que les Phéniciens et les Carthaginois,
leurs fils, plus attentifs, plus soigneux de leurs intérêts et
meilleurs navigateurs, ne perdirent aucune des occasions de
s'en procurer. Ils se sont donc emparés de tout ce qu'ils ont
trouvé en Espagne, leur Amérique d'alors, et nous ne pou-

(1) Diodore III, τοπος ἰστὶν ἴχον μεταλλα πολλά, etc.

(2) Cariophillus. D'après lui, Deba en Arabie signifie or, et l'on a
exploité près de cette ville, dès les temps les plus reculés, le métal qui nous
occupe.—Les citations de Bochart sont très-nombreuses et prouvent une
grande érudition.

vons en douter lorsque nous lisons les relations de Posidonius, qui, familier de Scipion Emilien, avait navigué autour
de notre péninsule. Diodore, Strabon, Phylarque, Cornélius
Nepos, n'en disent pas moins. Homère lui-même y fait allu-
sion, puisque Strabon dit qu'avant l'âge du père des poëtes,
l'Ibérie était féconde en métaux précieux et qu'il imagina
pour ce pays sa fiction des Champs-Elysées.

Aristote et Théophraste son élève ne restent pas en re-
tard pour nous vanter les richesses de l'Espagne, et il y a
même des auteurs qui assurent que ce nom Espagne provient d'un mot phénicien qui signifie lapin, ou au figuré
pays des mineurs.

Le savant docteur Hœfer n'est même pas éloigné de par-
tager cette opinion, car, mieux qu'un autre, il connaît le
langage allégorique des Orientaux.

Quant à mes convictions, elles sont toutes en faveur de
ces récits, et j'ai acquis celle très-profonde que grande partie des richesses premières, de la Sicile, par exemple, station phénicienne, provinrent du commerce des métaux avec
l'Espagne.

La puissance d'Amilcar Barca et de son fils Annibal, qui,
d'après mes calculs, est arrivé, par ses excursions intérieu-
res, bien près de la province de Ponferrada, lorsqu'il s'exer-
çait au rude métier de la guerre, n'eut pas d'autre origine
que leur situation aussi profondément politique que militaire
sur le territoire espagnol.

Au temps de Pline, les masses d'argent natif se nommaient
par le peuple qui habitait la Péninsule, *Palacras* et *Palacra-
nas*; par les Romains, *Glebas*; par les Grecs πλαχας, de
même que les lamelles d'or avaient pour noms *Ballux* et

Balluca. Strabon, en parlant du rio Duero (liv. III), dit qu'il roule des fragments d'or (ψῆγμα τοῦ χρυσοῦ πλεῖστον), et que l'or n'est pas seulement exploité par galeries, mais aussi roulé par les rivières et des torrents (καταφερουσι δε οι ποταμοι και χειμαρροι τὴν χρυςίτην ἄμμον, etc.)

Le même enseigne encore qu'on trouvait de l'airain et du cuivre au-dessus de Κωτιναϛ, mieux dit aux environs de Cadix. Mais j'ai lieu de croire que ce pays, d'où, d'après les livres d'Ezéchiel, on exportait pour Tyr beaucoup de métaux de toutes sortes, était une station, un *emporium* des navigateurs de l'époque, qui, alors comme aujourd'hui, y attendaient les moments les plus favorables pour passer le détroit.

L'or pouvait y arriver alors, et plus tard de mille points différents, aussi bien de Cordoue, ainsi que le chante Italicus :

« Nec decus auriferæ cessabit Corduba terræ »

comme d'un autre point plus rapproché de Malaga,— comme des alentours de Grenade, près duquel on fixe, sans s'entendre, les villes et montagnes que les anciens plaçaient non loin des sources de Guadalquivir (jadis Tartessus) et sur la rive gauche de ce fleuve.

Cet or mis en entrepôt pouvait provenir aussi d'autres colonies fondées en Espagne, de la Galice, où Silius Italicus nous raconte que les femmes étaient avides de s'en parer.

« Callaico vestes distinctas matribus auro, »

des Asturies, sur lesquelles il s'explique davantage :

« .... Hic omne metallum,
« Electri gemino pallent de semine venæ,

> » Atque atras chalibis fœtus humus horrida nutrit,
> » Sed scelerum causas operit Deus. — Astur avarus
> » Visceribus laceræ telluris mergitur imis,
> » Et redit infelix effoso non color oro ;
> » Huic certant Pactole tibi, Duriusque Tagusque
> » Quique super grasios lucentes volvit arenas
> » Inferni populi referens oblivia lethes, »

et sur lesquelles, *avant lui*, Lucain, *Espagnol comme lui*, nous avait écrit les vers suivants :

> « .... Puteusque cavati
> » Montis ad inrigui premitur fastigia campi
> » Non se tam penitus tam longe luce relicta
> » Merserit Asturii scrutator pallidus auri »

L'or pouvait venir aussi d'autres points centraux, comme de Bilbilis :

> « Auro Bilbilis et superba ferro. »

Mais pour nous, revenant à ce qui frappe le plus dans tous ces récits de l'antiquité, y compris celui de Claudien,

> « .... Quidquid tellure relusa
> » Callaicis fodiens rimatur collibus astur, etc., »

et le passage de Pline, XXXIII, — 4 : — « Auri vicena millia
» pondo ad hunc modum annis singulis Asturiam atque Gal-
» læciam et Lusitaniam, præstare quidam tradiderent : ita
» ut plurimum Asturia gignat neque in alia parte terrarum
» tot sæculis hæc fertilitas, »

Nous conclurons avec la plus grande facilité :

1° Que, dans les temps extrêmement reculés, on a exploité de l'or en Espagne — Andalousie, Asturies, Galice, et en Portugal (Diodore, Strabon, Pline, etc.) ;

2° Que cet or procédait de filons véritables ou d'or en roches, comme aussi des rivières qui, en ce temps-là, por-

portaient le nom de Tage et de Duero (Silicus Italicus, Pline, etc.);

3° Que les mines en roche étaient à la limite de la Galice et des Asturies, et donnaient lieu bien souvent à des rixes entre les mineurs des deux provinces (Claudien);

4° Que dans les mines en roche, les anciens avaient un système d'exploitation par puits, galeries d'écoulement, etc. (Lucain);

5° Que du temps de Pline, ces trois provinces en fournissaient encore 20,000 livres par année, mais que la plus grande partie provenait des Asturies, auxquelles, *sous ce rapport, aucun pays du globe ne pouvait être assimilé.*

Tout cela semble reproduire à 1800 ans en arrière l'histoire de nos jours sur les richesses de la Californie.

Vous voyez donc, Monsieur, qu'il est difficile de se procurer des documents plus positifs de ce qu'on a fait avant et durant la période romaine.

Je ne trouve pas les documents aussi clairs pendant l'occupation arabe. Il y a plus, je crois, au contraire, que sauf quelques rares lavages dans le midi et peut-être dans la Castille (Vierzo), les Maures ne se sont guère avancés vers le nord comme exploitants de mines. Ils devaient craindre les incursions des derniers descendants de la race gothique réfugiés derrière les Pyrénées cantabriques.

En nommant les Asturies, il faut pourtant dire qu'au temps où écrivait Pline, elles occupaient une étendue de terrain plus considérable qu'aujourd'hui. Elles embrassaient d'abord le territoire actuel, avec les nombreuses subdivisions d'alors; mais elles englobaient encore très-vraisemblement ce que nous nommons le Vierzo, le pays des Maragatos, et s'avançaient, en outre, jusqu'aux portes de Léon. *Augusta asturica* (Astorga), siége du gouvernement provincial de ce temps-là, montre assez bien la position de l'ancienne capitale.

La route romaine qui, de la Magdalena, s'élance à travers las Babias pour passer (assez effacée, il est vrai) par le concejo de Ibias et les hauteurs dominant les rios Navia et Nalon, puis descend vers Salas et Argentolea, ancien port de mer sur l'Océan cantabrique, montre mieux encore (grâce aux *castra* qui l'environnent et en font une ligne vraiment stratégique) avec quel soin les anciens avaient uni leur chef-lieu de province aux centres des exploitations, et ceux-ci à la côte la plus rapprochée.

Je vous dirai bientôt s'ils étaient moins bons métallurgistes que spéculateurs habiles. Dans des temps plus rapprochés, en 1831, Juan Lopez Cancelada publia quelques notes sur les anciennes mines d'or et d'argent d'Espagne. Son travail est un résumé des mémoires laissés par différents auteurs, et notamment par don Francisco G. y Fernandez ou par le comte de Toreno. On y trouve malheureusement aussi de fausses idées dans le style empirique de tous les mineurs qui avaient habité le Nouveau-Monde. — Ce que cet ouvrage présente de plus curieux, c'est la copie du travail sur l'amalgamation, rédigé par Sonneshmid.

B. Manière d'être et traitement des Minerais.

Dès la plus haute antiquité, on avait sur la formation des filons une idée qui s'est perpétuée presque jusqu'à nos jours dans les campagnes ou parmi les gens ignorants. Agarthacidés, en parlant de la manière d'être de l'or dans le sein de la terre, dit : « Παραπλησίαν ταῖς τῶν δένδρων ρίζαις, » c'est-à-dire qu'il trace comme les racines d'un arbre.

Théophraste et Denis émettent en d'autres termes une opinion identique.

De cette idée, la conséquence consacrée dans le droit romain, que les veines minérales se reproduisaient, etc., etc. L'immortel Alonso Barba le croyait aussi, et il n'y a pas jusqu'à certains patriciens d'Amérique qui ne disent que les sables ou *montones* délaissés *crian oro*.

La force de ces premières opinions sur la ressemblance que doit posséder un gîte minéral avec un arbre est telle pour certaines provinces des Alpes et des Pyrénées, qu'il n'est pas rare d'entendre des mineurs parler de leurs recherches en disant : *Nous ne sommes qu'aux branches, aux rameaux, et nous cherchons le tronc.*

Pline, XXXIII, 4, dit que l'or et l'argent se trouvaient dans les montagnes d'Espagne : *Qui aridi, sterilesque et in quibus nihil aliud gignatur, huic bono coguntur fertile esse.*

Strabon, III, n'est pas moins explicite pour certaines mines des environs du Tage et de la Celtibérie ; mais il ajoute bientôt que l'or n'est pas seulement exploité par des excavations, qu'on le rencontre aussi dans le lit des rivières mélangé dans les sables, et des torrents (1).

Quant à l'exploitation et aux peines qu'elle donnait, il faut lire la traduction de Diodore, par le docteur Hœfer, pour voir comment on abattait le minerai, le conduisait au jour, comment aussi on le broyait, le lavait et le fondait.

_____

(1) ἐ δί χρυσός οὐ μεταλλινεται, etc.

Le produit des mines en roche était-il bien considérable? C'est peu croyable pour certaines d'entre elles, car Héraclite disait : χρυσὸν γὰρ οἱ διζήμενοι γῆν πολλὴν ὀρύσσουσι καὶ εὑρίσκουσιν ὀλίγον.

« Ceux qui cherchent de l'or extraient beaucoup de terres » et rencontrent peu de métal. »

Je vous disais, il y a un instant, Monsieur, que, Diodore avait parfaitement décrit l'abattage, l'extraction, le broyage au mortier, à la meule et le lavage sur des tables des minerais d'or. — Le fondage avec du plomb, des matières salines et quelque peu d'étain, puis des matières végétales, n'était pas non plus absurde. Ce qu'il dit de plus remarquable (III), c'est que c'était un art extrêmement ancien (ἐργασίαν ἀρχαιοτάτην). Telle est aussi l'opinion d'Agatharcides, d'Hippocrate et de Pline, qui a répété la description du travail en y ajoutant quelques idées propres.

Ce dernier auteur dit, XXIII, qu'on aidait la fusion avec des fondants salins, siliceux et schisteux (schiston) et il donne des proportions qui, aujourd'hui même, seraient fort bonnes pour certains minerais (1). Il y a mieux, c'est que les anciens se servaient pour creusets de terre blanche réfractaires (terra alba similis argillæ neque enim alia flatum ignemque et ardentem materiam tolerat).

Outre ces détails de travail et de fusion, qui étaient encore plus perfectionnés pour le traitement de l'argent, puis-

---

(1) Aurum torretur et cum salis gemino pondere, triplici misceo, ac rursus cum duabus salis portionibus, et una lapidis, quem schiston vocant: ita viris tradidit rebus una crematis in fictili vase, ipsum purum et incorruptum.

que dans certains endroits (alors comme aujourd'hui) on employait des canaux de condensation pour les fumées des usines, il existait une méthode plus fine de laver ($\epsilon\pi\iota$ $\sigma\alpha\chi\iota\delta\sigma\varsigma$ $\pi\lambda\alpha\tau\epsilon\iota\alpha\varsigma$) sur des tables inclinées et un emploi des cribles, comme annonce Posidonius *apud* Strabon, qui permettait d'arriver à des préparations mécaniques plus parfaites.

Je suis convaincu bien plus que les anciens ont connu une almagamation, peut-être défectueuse, mais enfin le moyen de travailler les métaux précieux à l'aide du mercure.

Sans remonter à Aristote et à Théophraste, dont les paroles sont cependant assez claires, nous trouvons dans Pline que le mercure s'unit à l'or et le nettoie des matières étrangères : « Argentum vivum aurum ad se trahit : ideo et optime purgat, cæteras ejus sordes expuens crebro jactatu fictilibus in vasis : ita vitiis abjectis, ut ipsum ab auro discedat. » Vitruve dit aussi que le mercure s'unit aux lames d'or : « Argentum vivum micas auri corripit in se et cogit secum coire. »

Avec les données précédentes, et sans vouloir faire de cette lettre une discussion historique, il ne sera pas difficile de conclure pour le chapitre qui m'occupe :

1° Que les anciens ont exploité les sables aurifères et les veines métalliques par des moyens à peu près analogues à ceux que nous employons encore après plusieurs milliers d'années;

2° Qu'ils ont connu la purification des matières aurifères au moyen de bains plombeux et de la coupellation ;

3° Enfin qu'ils n'ignoraient pas l'usage et l'emploi du mercure pour la purification de l'or.

Après cette argumentation, vous ne serez pas surpris, Monsieur, *que j'aie une opinion favorable de quelques-uns des gisements de l'or en Espagne.*

§ 2. — GISEMENTS D'OR EN ESPAGNE.

La constitution géologique de l'Espagne est beaucoup moins compliquée qu'on ne se l'était d'abord imaginé, et, malgré tout, c'est sans contredit l'une des parties du globe les plus intéressantes à étudier et les plus dignes de l'attention générale.

La partie occidentale des Asturies, la Galice, qui terminent si brusquement la chaîne des Pyrénées cantabriques, présentent (ainsi que l'a démontré depuis longtemps un homme du plus haut mérite et auquel nous devons tant de travaux consciencieux) (1) des faits oryctonoctiques remarquables à plus d'un titre.

La petite carte que je joins à ma lettre fait partie de celle plus grande que mon illustre ami prépare pour établir les divisions géologiques des Asturies. La potamographie des lavoirs antiques du rio Sil que vous trouverez ci-jointe, est encore due au géologue praticien et infatigable que je viens de vous nommer.

Nous examinerons tout à l'heure ces deux documents.

La chaîne du Guadarrama dans la partie où elle se joint aux montagnes de l'Estramadure, ne laisse pas que d'offrir aussi mille points d'un intérêt réel. Je crois enfin que lors-

(1) C'est encore rappeler les services de D. Guillermo Schulz.

que nous connaîtrons mieux le massif des montagnes de Tolède, nous pourrons avoir une idée plus nette des formations anciennes et palæozoïques de la péninsule ibérique.

Sur les confins de la Galice et des Asturies, l'or en roche se trouve pour la première de ces provinces dans des veines de quartz un peu esquilleux à aspect luisant et gras (1) qui appartiennent aux terrains de transition quartziteux décrits par M. Schulz dans sa géologie de la Galice. En Asturies, toutes les anciennes mines d'or en roche marquées de la lettre O sur la carte, appartiennent à un groupe de ce genre étudié également avec beaucoup de soin par M. Schulz.

Aux confins du Vierzo, c'est-à-dire entre la Galice et le royaume de Léon, on a trouvé pareillement l'or en lamelles dans les quartzites. L'ingénieur Salazar l'a rencontré de plus, je crois, dans quelques filons contenant de la galène et du cuivre gris.

En Estramadure, on a signalé de l'or dans des filons de sulfures métalliques et même dans des pyrites communes ; enfin on m'a parlé de certains schistes et cuartzites aurifères dans la Sierra-Nevada et dans une chaîne qui sépare la province de Grenade de celle d'Almeria.

Ce que j'ai vu à las Medulas (*mons Medulum*), avec feu Sandoval, tend à me prouver qu'outre l'or engagé dans des roches plus ou moins quartzeuses, il s'en rencontrait aussi dans des veines plus tendres un peu feldspathiques ou talqueuses que savaient parfaitement reconnaître les mineurs

(1) Voir les échantillons de l'École des Mines de Paris.

de l'antiquité. En Asturies, j'ai observé des faits identiques. Les immenses travaux de las Medulas , que j'ai parcourus avec attention, les canaux qui , tracés dans les montagnes, amenaient les eaux nécessaires aux travaux de lavage, ont tout-à-fait leurs analogues de l'autre côté de la chaîne.

Il faudra donc examiner ces points qui frappent moins l'attention des chercheurs de mines, et avec d'autant plus de motifs que la pépite trouvée en 1843 lors d'une sestaferia , au point R de la carte des Asturies, n'a pas laissé que de produire quelques autres heureuses rencontres aux paysans des localités circonvoisines.

Les mines en roche devaient être d'une grande importance pour les Romains, à en juger par l'immense développement des canaux que M. Schulz et moi avons reconnus dans le Vierzo et dans les Asturies.

Ces canaux, tracés avec un art admirable, partaient des mines attaquées et arrivaient à la prise d'eau en passant soit par des aqueducs construits *ad hoc* au sommet des montagnes, soit dans des tunnels percés au milieu des roches les plus dures. La carte de mon ami en fournit une idée exacte.

Je ne connais pas assez les vieux travaux des filons aurifères des montagnes de Tolède, d'Estramadure et des environs de Grenade pour émettre une opinion sérieuse à leur égard. Je reporterai mon attention sur les terrains d'alluvion et sur les sables aurifères des rivières.

A. Les grands terrains d'alluvion de l'Espagne peuvent être facilement divisés en trois ou quatre groupes, parmi lesquels on remarque principalement le bassin du Duero, celui de l'Ebre, celui du Tage, et enfin celui bien indépendant du rio Sil.

Le bassin du Duero a été décrit par l'inspecteur général des mines don Joaquin Ezquera, auquel nous devons tant de travaux sur l'Espagne. J'en parlerai peu, si ce n'est pour rappeler que, d'après l'ingénieur belge Castelain, certains terrains de la province de Ciudad-Rodrigo sont véritablement aurifères.

On cite encore entre Salamanque et Zamora plusieurs points qui ont fourni des pépites assez importantes.

Tout ce que j'ai vu et tout ce qu'on m'a dit au sujet du bassin dont je n'ai ébauché l'étude que dans la région supérieure, tend à me prouver :

1° Que l'or y existe en pépites, en grains plus ou moins gros, voire même en poussière, mais jamais en lamelles, comme la plus grande partie des mines d'or de la Californie ;

2° Que l'or est souvent attaché en filets ramuleux autour des cailloux roulés du terrain d'alluvion.

De nouvelles notes que je viens de recevoir m'annoncent que des minerais analogues ont été rencontrés en Portugal non loin de Guarda.

La position de ces gîtes aurifères le long ou au bas des rios Pinhel en Portugal, et Agueda en Espagne, font parfaitement comprendre comment il est possible qu'on ait rencontré des pépites sur le cours des rios Gala et Alagon, au revers opposé de la sierra de Gata dans la Cuenca del Tajo.

Tout cela est facile à comprendre si les roches qui ont fourni l'or appartiennent à celles qui constituent la sierra de Gata.

2

Je crois donc que ces différents points méritent tout autant l'attention que ceux qu'on a cru les plus privilégiés, et que par des études comme par des travaux sérieux, on arrivera à des résultats qui ne laisseront pas que d'offrir des avantages.

Je ne sache pas qu'on ait trouvé de l'or dans la Cuenca del Ebro, sur la partie haute de son cours, ou même vers le bas fleuve. Le seul endroit où l'histoire paraît affirmer qu'on exploita l'or, furent les environs de Calatayud, où devait exister Bilbilis, d'après les documents les plus authentiques. Ici encore la science géologique met à même de vérifier les dires de l'antiquité, puisque nous savons que les montagnes qui dominent Calatayud renferment des schistes anciens et quelques grès quartzeux analogues aux quarzites.

Le bassin du rio Sil n'est pas à beaucoup près comparable pour l'étendue à ceux antérieurement nommés, mais il est infiniment plus intéressant pour sa richesse. Tous les lavoirs d'or marqués sur la carte et la description qu'en a donnée, dès 1835, D. Guillermo Schulz, font de cette vallée une des plus remarquables contrées aurifères du globe.

Les travaux des Romains, au milieu de cette formation diluvienne, sont tous d'une grande étendue, mais certes ils ne peuvent être comparés à ceux qu'ils ont pratiqués près des Medulas, dans le Vierzo, où il semble qu'on ait occupé durant des siècles des armées entières, dont l'unique occupation aurait été la recherche et le travail de l'or.

B. Les sables aurifères de l'Espagne : rios Genil ou Darro — Tage. — Duero ; ou ceux provenant des talus naturels d'anciennes mines, sables que je vous ai montrés, affectent un cachet spécial.

Les premiers ne présentent que l'or en particules émi- nemment fines, dont la préparation mécanique n'est pas du tout commode. Ils ne se trouvent pas non plus indifférem- ment dans les rivières précitées. Quelques points corres- pondant à des angles rentrants ou à des *remolinos*, sont les lieux les mieux partagés.

Cet or ne saurait donc fournir de gisements aussi impor- tants que ceux des terrains d'alluvion, et il faudra toujours l'exploiter avec des usines volantes, dont je vous remettrai les croquis en répondant à la troisième de vos questions.

Quoi qu'il en soit, que l'or existe dans les alluvions an- ciennes ou dans les sables des rivières, il faudra pren- dre en considération certains détails de localité et cer- tains faits acquis à l'expérience, avant d'attaquer le travail sur tel ou tel point. Ainsi, nous voyons (ce qui est conforme aux idées théoriques sur les alluvions), le métal précieux diminuer vers l'embouchure du rio Sil, augmenter le long de son cours à mesure qu'on le remonte et que l'eau qui charriait les débris rencontrait dans son chemin des obsta- cles produisant des remous plus ou moins considérables.

Résumant, je dirai donc, Monsieur, qu'il faudra étudier pour les mines en roche celles marquées O sur la carte n° 1, et pour les alluvions, quelques vallées sublatérales que je vous montrerai avec un plan topographique plus étendu que celui du dessin n° 2.

En ce qui concerne les sables aurifères, il faudra remuer les talus des anciens déblais, ainsi que quelques *remolinos* dont vous avez vu un échantillon. Ce produit, examiné par M. Rivot, ingénieur directeur du laboratoire de l'École de

Mines de Paris, a fourni, selon certificat dont je conserve l'original :

Grains magnétiques . . .	30,640
Grains quartzeux. . . .	67,098
Or.	2,020
Argent	0,242
	100,000

C'est-à-dire une valeur de plus de 6,000 francs d'or par 100 kilogrammes de sable naturellement enrichi.

Ces derniers sables offrent avec ceux de la Californie une ressemblance si parfaite, qu'outre la matière magnétique, qui est un de leurs principes constituants, la relation de l'or à l'argent est encore parfaitement la même. Enfin il n'y a pas jusqu'aux lamelles ou paillettes qui n'aient le même aspect.

§ 3. — DES MOYENS A EMPLOYER, DES BESOINS ET DES AVANTAGES DE L'EXPLOITATION.

Ce qui a été dit précédemment prouve suffisamment, Monsieur, que les moyens d'exploitation de l'or en Espagne doivent être notablement variés.

Ainsi pour l'Estradamure et la province de Ciudad Rodrigo, je comprends très-bien la disposition d'appareils qu'a proposée M. Castelain.

Pour les rives du rio Sil, et les rivières que je vous ai citées, il y aura lieu probablement à modifier les appareils sibériens et hongrois, en adoptant les plus appropriés au genre de sables ou de graviers à laver.

Quant à la matière analysée par M. Rivot, je pense qu'il sera important d'y faire agir un électro-aimant d'une certaine forme et d'une certaine puissance, avant de la soumettre à l'amalgamation, opération à laquelle elle se prête fort bien.

Les minerais en roche les plus riches méritent un travail particulier qui nécessitera des broyages, des criblages, et une série d'opérations dont le détail ne peut faire partie de cette lettre, déjà trop étendue.

On voit donc que les entrepreneurs devant s'organiser sur un pied convenable, auront à se procurer :

1° Les engins nécessaires pour le traitement des sables et graviers ;

2° Les appareils indispensables pour le bénéfice des minerais en roche.

Remplir ces conditions n'est pourtant pas la seule obligation des sociétaires. Il faudra aussi qu'ils songent à loger leurs ouvriers près des points où le travail sera le plus actif ; or, comme ces points d'attaques ou d'essais seront répartis sur une assez grande étendue à la fois, je ne crois ni prudent pour les sociétaires, ni utile aux résultats présumés de former des établissements fixes.

Il faudra, à mon avis, que contre-maîtres et ouvriers s'habituent à une vie un peu nomade, qui, du reste, n'a rien de bien fatigant dans un pays où les habitations ne sont pas très-éloignées, et où, en définitive, l'installation passagère de la semaine ne prive pas d'aller le dimanche au village le plus rapproché.

Avant, par conséquent, de songer aux outils et appareils proprement dits, instruments de production, et par conséquent dont la valeur est bien vite payée par l'effet utile qu'ils rendent, il faut d'abord le matériel de campement, etc., basé sur les exigences du personnel.

Personnel.

Le personnel mobile préposé à la surveillance et direction des affaires de la société, se composera sur les lieux d'exploitation :

1° D'un ingénieur, chargé de parcourir la ligne des travaux et d'en modifier la nature, s'il le juge convenable.

Cet employé aura les pouvoirs les plus étendus dans la sphère de sa spécialité pour éviter les retards qu'entraîne la correspondance dans les pays isolés ;

2° D'un commis, teneur de livres d'une manière simple et lucide et d'après les livrets des chefs de service ;

3° De deux ou trois chefs de service devant inspecter plusieurs points à la fois, lesquels seront sous les ordres de l'ingénieur ;

4° Enfin de deux maîtres mineurs, accompagnés chacun de quatre bons mineurs ou ouvriers intelligents destinés à compléter l'instruction naturelle des gens du pays.

L'ingénieur, le commis et les chefs de service pourront vivre habituellement dans des agglomérations de population.

Il faut pourtant prévoir le cas de villages trop pauvres et trop misérables pour les recevoir.

Quant aux maîtres mineurs, ils devront par force être installés dans le barraquement des ouvriers.

Voici les prix auxquels on s'engagerait à tout fournir dans

le magasin de campement de Paris en articles bien conditionnés et que j'ai examinés moi-même.

Barraquement.

Pavillon en bois (*blockaus*) se démontant par parties, avec plancher ployant. Grandeur de 8 mètres de circonférence sur 4 mètres 50 de hauteur, divisé en deux portions, c'est-à-dire, emplacement pour coucher les ouvriers, puis dans la disposition du bas, porte, fenêtre et deux petites pièces latérales pour coucher les chefs.

8 lits hamacs pour les ouvriers, 2 lits pour les chefs avec matelas.	550 »
2 lanternes marines (petit modèle). . . .	10 »
4 seaux en toile à voile (modèle ordinaire).	12 »

Accessoires.

1 tente marquise, toile grise, de 2ᵐ,30, complète.	200 »
4 hamacs treillés, avec corde et crochets. .	48 »

Campement de l'ingénieur et de son aide, et deux muletiers.

1 tente, toile fine, doublée, de 3ᵐ,50, avec son rabat, complète.	450 »
2 lits en fer et bois, modèle Billot, portatifs.	70 »
2 pliants rustiques, grand modèle	8 »
2 tables carrées portatives pouvant s'adapter à la colonne de la tente.	40 »
A reporter.	1,388 »

Report. . . . . 1,388 «

4 matelas de crin piqués pour mettre sur le
sol au besoin. . . . . 140 »

2 lanternes marines, petit modèle. . . . . 10 »

4 seaux en toile commune. . . . . 12 »

2 bâts complets pour mulets, avec harnais . 180 »

2 paires de cantines couvertes en toile cirée
avec poches, courroies garnies pour le service
de table et cuisine pour 8 personnes ; service
fin et en fer battu. . . . . 600 »

Total. . . . . 2,330 »

Voilà certes un ensemble auquel on n'aurait rien à ajouter, et qui permettrait en quelque pays que ce soit de loger et d'héberger près de 14 personnes.

Ceci étant acquis, il faudra songer au matériel de la préparation mécanique et au matériel de traitement.

Matériel de la préparation mécanique.

On a beaucoup discuté sur le meilleur matériel à em-
ployer dans la préparation mécanique des sables aurifères.
Les avis sont encore assez partagés ; mais je crois person-
nellement que cette divergence d'opinions provient de ce
que, pour des appareils identiques, on a comparé des résultats obtenus avec des matières essentiellement différentes.

D'après l'expérience que j'ai acquise des diverses systè-
mes de lavage, et notamment pour des minerais d'argent
chlorurés que j'ai vu faire passer d'une teneur de 100 grammes par 100 kilos à 1,200 grammes sans pertes trop nota-

bles, d'après ce qui m'a été certifié par les ingénieurs qui ont le plus et le mieux pratiqué les travaux de l'Oural, je composerais le matériel destiné au traitement des grandes alluvions aurifères et des sables des rivières ou des talus de mines en roches de la manière suivante. Pour les usines mobiles, celles qui me paraissent devoir donner les résultats les plus immédiats :

1° De cribles à toile métallique de différentes grosseurs, ronds ou carrés, selon le mode d'emploi. Les ronds sont d'un bon usage dès qu'on sait les manier. Ils ont en outre l'avantage d'être parfaitement portatifs;

2° De tables à laver à mouvement continu, ou sibériennes perfectionnées, très-portatives;

3° D'un ventilateur tarare pour les grosses alluvions sèches et le fractionnement des produits qui doivent être livrés soit aux cribles, soit aux tables, ou bien d'un trommel;

4° Enfin de tables d'un autre genre pour lesquels il ne faut pas non plus d'autre moteur que la force de l'homme.

Cet ensemble 1, 2, 3 et 4, exécuté sur les lieux avec de bons modèles, ne coûterait pas au-delà de 4 à 5,000 fr. et pourrait être parfaitement abrité sous des abris de branchages ou même sous des tentes construites comme celles que font les matelots avec des toiles à voiles.

Pour les usines fixes, qui devront être établies chaque fois que le gisement d'alluvion promettra un avenir de plusieurs années, il faudra :

1° L'appareil établi par le général russe Anoçoff, dans le district de Miassk, en Sibérie, qu'on pourrait combiner avec l'appareil dit Boutar, de l'invention du capitaine Buikoff;

2° De tables à mouvement continu perfectionnées pour purifier les derniers sables ;

3° Peut-être aussi une meule à écraser.

Résultats économiques du premier travail ou travail passager.

Selon la nature des alluvions, on comprend qu'il faudra plus ou moins de cribleurs et d'aides laveurs pour amener les sables à une grosseur de grain uniforme qui en permette le lavage sur les dernières tables ou tables russes perfectionnées.

Dans ce cas, on ne peut compter pour un lavage journalier de 1,600 à 1,800 kilos de sables par table, ce qui est l'effet utile d'un bon ouvrier, sur moins de cinq ou six ouvriers accessoires entre femmes et gamins (1 chef, 2 femmes, 2 ou 3 gamins).

Les sables des rivières, ne nécessitant pas à beaucoup près les mêmes précautions que les alluvions aurifères, se laveront très-facilement sur les tables anciennes ; leurs boues métalliques seraient ensuite achevées sur les tables perfectionnées si elles le méritaient.

Dans ce cas, le résultat économique serait, y compris le débourdage ou étendage du laveur, d'environ 1,200 à 1,500 k. par table, par journée et par laveur, aidé d'une femme et d'un gamin.

Résultats économiques du second travail ou des usines fixes.

Si les alluvions n'exigent pas un écrasage ou bocardage préalable, le lavage sur les boutars, ou l'un des appareils décrits par le capitaine Karpinski, est sans contredit le plus rapide, mais il faut bien se garder de perdre les boues qui en proviennent.

Ces divers appareils, outre les édifices qu'ils peuvent né-
cessiter, coûtent assez cher ; et si l'on n'a pas un moteur
naturel, l'emploi des chevaux en élève encore le prix de
revient journalier du travail. Il faut compter près de 25,000
francs pour une organisation passable dans ce système,
pourvu toutefois qu'on ne sacrifie rien au luxe, et que le
monteur soit un homme de talent.

Deux boutars à deux auges, ou appareils analogues, laveront près de 20,000 kil. d'alluvions par jour, et ils nécessi-
teront pour leur service deux chargeurs de sable, deux
trieurs de cailloux et quatre laveurs.

Plus pour le manége :

Deux hommes, un machiniste et un réparateur d'outils;

Six chevaux ou une roue hydraulique de la force de 3 ou
4 chevaux effectifs, chose très facile à se procurer en Espagne.

Il faut ajouter à ce personnel quelques nettoyeurs et ouvriers auxiliaires ; mais aussi un travail de 20 tonnes de sables remuées journellement est certes un beau maniement
d'alluvion.

Matériel du traitement.

L'éloignement de grands centres habités et même de villes de troisième ordre me fait croire qu'il serait important
de ne jamais trop concentrer les sables aurifères ; ce serait
vouloir tenter les pauvres journaliers, les provoquer au vol,
et introduire dans le pays une démoralisation qu'il est très
important d'éviter.

Les sables à une certaine teneur pourront donc être trans-
portés vers un point plus facile à surveiller, un village, par
exemple, où le travail définitif serait opéré.

Supposons, par exemple, que, par un lavage médiocre, on soit arrivé, pour un sable analogue à celui analysé par M. Rivot, à une teneur brute du 1/4, c'est-à-dire renfermant une valeur de 1,500 francs par 100 kil.

Dans l'usine centrale, on en séparerait rapidement, par l'emploi d'un bon électro-aimant, 30 0/0 de grains magnétiques, c'est-à-dire qu'on les enrichirait en un clin d'œil du 1/3 de leur valeur, soit 500 francs. On aurait donc à amalgamer des matières à 2,000 francs par 100 kil., opération facile à exécuter, soit dans les moulins hongrois, soit dans ceux de M. Varwinski, voire même dans d'autres plus simples et mieux appropriés au pays que nous habitons, et dont je vous donnerai le dessin.

Le filtrage ou pressage de l'amalgame ne devrait être opéré qu'en présence de l'ingénieur, du commis ou de l'un des chefs.

Si l'on n'avait pas la crainte que je signale d'obtenir sur les lieux mêmes des sables très concentrés et méritant la fonte directe, il est évident que le travail serait plus avantageux.

Ces considérations diverses doivent donc fixer fortement l'attention des sociétaires, puisqu'elles peuvent avoir de l'influence sur le choix du logement principal de l'ingénieur et sur les bénéfices futurs de l'entreprise. *Enfin, il y aurait sur ce sujet, Monsieur, trop de choses à détailler et à discuter pour que je cherche à développer mes idées dans cet écrit.*

Quant à vous dire quels sont les besoins de l'exploitation et ses avantages possibles, je vous avouerai franchement que je crois de mon devoir de laisser de pareilles évaluations à certaines compagnies californiennes.

Les besoins sont toujours grands, surtout lorsque l'expérience n'a pas fixé d'une manière invariable les travaux à exécuter ; les produits sont souvent imaginaires, lorsqu'à l'économie des premières mises ne vient pas se joindre une plus grande économie d'administration et de travail.

Vous me répondrez, sans doute, qu'il faut au moins une idée, un précis des avantages probables pour servir où l'on va.

Eh bien, si vous en croyez les chiffres des évaluations de bénéfices qu'offre à leurs sociétaires l'ensemble des compagnies californiennes, je ne crains pas de dire que c'est à première vue plusieurs fois tout le métallique existant en Europe dans l'actualité, résultats évidemment bien peu vraisemblables. En Espagne, on sera plus modeste, je l'espère, et moins avide ; on se contentera de bénéfices plus normaux ; et, sauf quelques rares exceptions qui arriveront peut-être, on ne se figurera pas que chaque entreprise réalisera des millions.

Les vingt milliers de livres d'or fournies annuellement par le pays du temps de Pline, prouvent suffisamment qu'avec de bonnes machines, du soin, et pardessus tout, de l'économie, on arrivera à des résultats supérieurs à ceux connus jusqu'ici par les orpailleurs travaillant avec la batea et sans aucune direction.

Je réserve pour une autre lettre le travail des mines en roche qui doit exiger des précautions intellectuelles et une série de dispositions assez différentes de celles que je viens d'indiquer.

Telle est, Monsieur le Duc, ma réponse à la lettre que vous m'avez fait l'honneur de m'écrire, et je désire qu'elle soit utile à vos amis et à tous les exploitants sérieux de la péninsule Ibérique.

Veuillez agréer l'hommage de mes sentiments de haute considération.

ADRIEN PAILLETTE.

Explication des Planches.

E. Anciennes mines d'étain.

O. Mines d'or en roche, presque toutes à ciel ouvert.

O'. Idem, id., où l'on voit que les anciens suivaient des veines spéciales métalliques.

PO'. Anciens ateliers de lavage avec lamelles et pépites d'or natif.

PA. Anciennes mines de plomb argentifère.

Les lignes ponctuées près des anciennes mines représentent les magnifiques canaux de lavage que les anciens avaient établis pour leur exploitation.

Les pointillés indiquent, sur la carte de Galice, les anciens lavoirs romains.

www.ingramcontent.com/pod-product-compliance
Lightning Source LLC
Chambersburg PA
CBHW061626180626
46818CB00005B/2249